D1134342

il était une fois...
...peux-tu me dire?

La maison du père Noël

Texte
Toufik Ehm

Illustrations
Zoran Vanjaka

Conseillers à la publication
Roger Aubin
Gilles Bertrand
Joseph R. DeVarennes
Jean-Pierre Durocher

Grolier Limitée
MONTRÉAL

© 1989 Québec Agenda Inc.

Dépôt légal : 3ᵉ trimestre 1989
Bibliothèque nationale du Québec
Bibliothèque nationale du Canada

Tous droits de reproduction, de traduction ou d'adaptation réservés pour tous pays.
Toute reproduction totale ou partielle, par quelque procédé que ce soit, est interdite sans
l'autorisation écrite de l'éditeur.

ISBN 2-8929-4156-3

Imprimé au Canada

La maison du père Noël

Lucie et Gros Jean attendent P'tit Louis au coin du parc. Comme chaque fin d'après-midi, les trois amis vont à la patinoire.

— Il en met du temps à arriver, s'impatiente Gros Jean.

— Tu sais bien qu'aujourd'hui il termine l'école plus tard, dit Lucie. Il ne va pas tarder à arriver, j'en suis sûre.

Effectivement, P'tit Louis vient de surgir de la rue voisine. Il court comme s'il avait le diable aux trousses. Lorsqu'il arrive près de Lucie et Gros Jean, il reste un bon moment sans pouvoir parler tellement il est essoufflé. Et lorsqu'enfin il le peut, il annonce avec une lueur dans le regard :

— J'ai découvert la maison où habite le père Noël.

Lucie et Gros Jean écarquillent les yeux en le fixant comme s'il venait de dire une grosse bêtise.

— Mais c'est vrai, insiste P'tit Louis, j'ai trouvé la maison du père Noël.

Gros Jean hausse les épaules.

— Voyons, qu'est-ce que tu racontes ? s'étonne-t-il. Tu sais bien que le père Noël habite très loin dans le Grand Nord, si loin que personne n'a jamais pu y aller... sauf le facteur pour les lettres, bien sûr, ajoute-t-il après une seconde d'hésitation.

Du haut de ses huit ans, Gros Jean a l'air de celui qui sait de quoi il parle et à qui on ne pourrait raconter n'importe quoi. Néanmoins, devant le regard assuré et imperturbable de P'tit Louis, un doute s'insinue dans son esprit.

Lucie, quant à elle, après réflexion, pense que P'tit Louis dit la vérité. Elle le sait sérieux dans la vie et bon élève en classe.

— Ah, bon? Et c'est où qu'il habite le père Noël, demande-t-elle intéressée.

P'tit Louis jette un regard affolé autour de lui.

— Parle plus bas, Lucie, c'est un secret que personne ne doit connaître à part nous.

Il hésite une seconde puis continue :

— Si vous voulez, tout à l'heure, après la patinoire, je vous y emmène.

— Ha ha! ricane Gros Jean, et pourquoi pas maintenant? Aurais-tu peur que l'on découvre que toute ton histoire n'est qu'un gros mensonge?

Lucie donne un coup de coude à Gros Jean.

— Arrête! Laisse P'tit Louis parler. Pourquoi on ne peut pas y aller maintenant?

P'tit Louis se gratte la joue.

— Il y a une chose importante que vous devez savoir.

— Et c'est quoi qu'on doit savoir ? s'impatiente Gros Jean.

P'tit Louis rajuste sa tuque sur ses oreilles, regarde à tour de rôle ses amis et dit :

— On ne peut jamais voir le père Noël avant la tombée de la nuit car, durant la journée, il est transparent donc invisible.

Sur ce, il tourne les talons et se dirige vers la patinoire, suivi par Lucie et Gros Jean.

Gros Jean fait un clin d'œil à Lucie et tapote son front avec son doigt en désignant P'tit Louis. Lucie hausse les épaules et lui tire la langue.

... peux-tu me dire ?

Quelle nouvelle P'tit Louis annonce-t-il à ses amis Gros Jean et Lucie ?
Pourquoi P'tit Louis, Gros Jean et Lucie ne peuvent-ils aller voir la maison du père Noël qu'après la patinoire ?

P'tit Louis rencontre Lucie et Gros Jean. Il leur dit qu'il sait où habite le père Noël. Il est d'accord pour les y conduire, mais seulement après avoir patiné car, affirme-t-il, on ne peut voir le père Noël que la nuit; durant la journée, il est transparent donc invisible. Sur ce, P'tit Louis se dirige vers la patinoire, suivi par ses deux amis quelque peu interloqués par cette affirmation inattendue.

L'heure qui suit est longue à passer pour Gros Jean et Lucie. Ils évoluent sur la glace sans trop de conviction et ne quittent pas d'un regard P'tit Louis qui glisse allègrement comme s'il s'était allégé d'avoir partagé avec autrui le lourd secret qu'il portait.

Enfin, P'tit Louis quitte l'enceinte de la patinoire suivi aussitôt par Gros Jean et Lucie.

— Bon, on y va, fait P'tit Louis, mais tout d'abord il faut passer à la maison déposer nos patins et récupérer de la nourriture.

— De la nourriture? s'étonne Gros Jean, mais on a pas faim. Tu as faim, toi?

— Non, dit Lucie.

P'tit Louis allonge le pas.

— Ce n'est pas pour nous, explique-t-il, c'est pour donner au père Noël.

— Mais il n'a pas besoin de manger le père Noël, s'énerve Gros Jean.

— Peut-être que oui, dit Lucie, qu'est-ce que tu en sais? P'tit Louis a raison. Si on va rendre visite au père Noël à sa maison, il faut lui apporter quelque chose. Des fleurs aussi, non? propose-t-elle.

— Non, fait P'tit Louis, il n'a pas besoin de fleurs.

Lorsqu'ils arrivent à la maison de P'tit Louis, sa maman sort justement une tarte aux pommes du four.

— Bonjour les enfants, vous devez avoir faim. Que diriez-vous d'une pointe de tarte toute chaude et d'un verre de lait.

— Moi, je veux bien, dit Gros Jean en se léchant les babines.

La tarte aux pommes dégage une odeur appétissante et Gros Jean sent un trou dans son bedon. Mais P'tit Louis n'a pas l'air de cet avis.

— On va prendre nos pointes de tarte et un carton de lait et on mangera dehors, dit-il. Et aussi des sandwiches au fromage avec une poire et une banane.

— Oh! la la! dit sa maman, vous n'aurez plus faim pour le souper.

— Si, si, fait Lucie, on va tout emporter et manger dans le parc. Ça donne faim de patiner, et on aura encore faim pour le souper. N'est-ce pas Gros Jean?

— Oui, oui, répond Gros Jean peu convaincu.

La maman de P'tit Louis hésite puis accepte finalement.

— D'accord. Je vais vous faire vos sandwiches et tout mettre dans un sac.

Lorsque les provisions sont prêtes, les enfants se dirigent vers la sortie.

— Et surtout ne rentrez pas trop tard.

— Non, maman, dit P'tit Louis en ouvrant la porte, on sera vite de retour.

Lorsqu'ils arrivent dans la rue, ils rencontrent le papa de P'tit Louis qui rentre de son travail.

— Bonjour les enfants, dit-il, où allez-vous comme ça avec ce sac?

... peux-tu me dire?

Pourquoi P'tit Louis veut-il d'abord passer à la maison pour récupérer de la nourriture?
Qu'est-ce que les enfants ont emporté dans le sac préparé par la maman de P'tit Louis?

P'tit Louis rencontre Lucie et Gros Jean. Il leur dit qu'il sait où habite le père Noël. Il est d'accord pour les y conduire, mais seulement après avoir patiné car, affirme-t-il, on ne peut voir le père Noël que la nuit ; durant la journée, il est transparent donc invisible. Sur ce, P'tit Louis se dirige vers la patinoire, suivi par ses deux amis quelque peu interloqués par cette affirmation inattendue. Ils passent ensuite à la maison récupérer de la nourriture. En sortant, ils rencontrent le papa de P'tit Louis.

— Bonjour les enfants, dit-il, où allez-vous comme ça avec ce sac ?

— On va aller manger au parc, dit P'tit Louis.

— Drôle d'idée ! Vous ne trouvez pas que vous seriez mieux à la maison ?

— Oh non ! intervient Lucie, c'est plus amusant dans le parc. C'est comme un pique-nique.

— Bien ! Alors à tout à l'heure.

Gros Jean retient le papa de P'tit Louis par la manche.

— Dites monsieur, vous savez où habite le père Noël ?

Le papa de P'tit Louis ne s'attendait pas à cette question. Il se met à rire.

— Mais bien sûr. Il habite tout là-bas, très loin dans le Grand Nord, dans une grande maison en bois.

— C'est si loin que ça ? insiste Gros Jean en jetant un coup d'œil ironique à P'tit Louis.

— Oh oui ! et en pleine forêt. Avec lui, il y a des dizaines de lutins qui l'aident à fabriquer des jouets pour les enfants : des poupées, des trains électriques, des ordinateurs, des bicyclettes, et plein d'autres choses.

— Et le père Noël, comment il reçoit les lettres que lui écrivent les enfants ?

— Bien, c'est un facteur spécial qui ramasse toutes les lettres qui lui sont adressées et qui les lui amène par avion. Et le père Noël les lit toutes.

— Et il répond à toutes ? Je veux dire qu'il apporte tous les jouets que les enfants lui demandent.

Le papa de P'tit Louis rit de plus belle.

— Ah non ! Juste pour les enfants qui ont été sages. Et toi, as-tu été sage durant l'année.

Gros Jean est un peu confus.

— Heu... oui... enfin, parfois oui, parfois non.

— Ce n'est pas grave ! Noël est dans quelques jours, alors si tu es bien sage jusque-là, je suis sûr que le père Noël ne t'oubliera pas.

Le papa de P'tit Louis les quitte et rentre à la maison.

— Tu vois, dit Gros Jean, je t'avais dit que le père Noël habite trop loin pour qu'on puisse y aller.

P'tit Louis est un peu fâché.

— Si tu ne veux pas venir, tu n'as qu'à rentrer chez toi.

— C'est vrai, rajoute Lucie, mais moi je vais avec P'tit Louis voir la maison du père Noël qu'il a trouvée.

... peux-tu me dire ?

Où habite le père Noël d'après le papa de P'tit Louis ?
Et qui aide le père Noël à fabriquer les jouets ?
Est-ce que le père Noël répond à toutes les lettres que lui écrivent les enfants ?

P'tit Louis rencontre Lucie et Gros Jean. Il leur dit qu'il sait où habite le père Noël. Il est d'accord pour les y conduire, mais seulement après avoir patiné car, affirme-t-il, on ne peut voir le père Noël que la nuit; durant la journée, il est transparent donc invisible. Ils passent ensuite à la maison récupérer de la nourriture pour le père Noël. En sortant, ils rencontrent le papa de P'tit Louis qui leur explique que le père Noël habite très loin dans le Grand Nord avec des dizaines de lutins.

Gros Jean et Lucie suivent P'tit Louis sans dire un mot. Ils remontent l'avenue enneigée en se frayant un passage à travers la foule des trottoirs achalandés. Le soir tombe peu à peu, l'éclat pâle des lampadaires prenant le relais de la lumière du jour.

Les gens emmitouflés dans leurs épais vêtements d'hiver semblent heureux malgré le froid qui rosit leurs joues. Les vitrines des magasins sont illuminées afin de mettre en valeur les cadeaux exposés et des guirlandes d'ampoules de couleur donnent aux façades grises un air féerique.

Les trois enfants tournent rue de l'église et passent devant un imposant édifice plongé dans la pénombre. Ils marchent d'un bon pas jusqu'aux bâtiments qui bordent la rivière, puis empruntent un sentier boueux qui se dirige vers une usine désaffectée située tout au bout d'un terrain vague détrempé sur lequel s'entassent de hauts bancs de neige.

— C'est encore loin ? demande Gros Jean sans trop élever la voix.

— Tais-toi, souffle Lucie.

Elle est impressionnée par l'air concentré et grave qu'a pris P'tit Louis depuis le début de leur randonnée. Le regard fixe, il avance d'un pas déterminé. Pas une seule fois, il ne s'est retourné pour voir si ses amis le suivaient.

Ils longent la façade d'un hangar et, à l'approche d'un portail de métal rouillé, P'tit Louis s'immobilise, le bras levé.

— C'est ici, dit-il en se retournant vers Gros Jean et Lucie, c'est ici que le 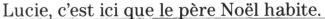père Noël habite.

Les trois enfants demeurent immobiles dans la pénombre, et nul bruit ne leur parvient si ce n'est la sourde rumeur de la ville toute proche.

— Venez, dit P'tit Louis.

Il s'avance vers le portail et le pousse avec précaution. Le battant pivote en grinçant. P'tit Louis pose un doigt sur ses lèvres pour imposer le silence.

... peux-tu me dire ?

Pourquoi les gens dans la rue sont-ils heureux malgré le froid qui rosit leurs joues ?
Jusqu'où P'tit Louis guide-t-il Gros Jean et Lucie ?

P'tit Louis rencontre Lucie et Gros Jean. Il leur dit qu'il sait où habite le père Noël. Il est d'accord pour les y conduire, mais seulement après avoir patiné car, affirme-t-il, on ne peut voir le père Noël que la nuit ; durant la journée, il est transparent donc invisible. Ils passent ensuite à la maison récupérer de la nourriture pour le père Noël. En sortant, ils rencontrent le papa de P'tit Louis qui leur explique que le père Noël habite très loin dans le Grand Nord avec des dizaines de lutins. Guidés par P'tit Louis, Gros Jean et Lucie vont jusqu'à un hangar situé sur un terrain vague.

P'tit Louis s'avance vers le portail et le pousse avec précaution. Le battant pivote en grinçant. P'tit Louis pose un doigt sur ses lèvres pour imposer le silence.

— Venez voir, murmure-t-il.

Gros Jean et Lucie s'approchent et regardent par l'ouverture.

Tout d'abord, ils ne remarquent rien puis, peu à peu, leurs yeux s'habituent à l'obscurité du hangar. Ils distinguent alors une bougie à la flamme dansante qui brûle sur un fût et, adossé au mur humide, un vieil homme à la longue barbe blanche qui somnole. Son visage est raviné de longues rides et ses joues sont boursouflées. Ses longs cheveux argentés sont ébouriffés et lui tombent sur le front. Il est vêtu d'un épais manteau de toile râpée dont il serre le col de ses mains épaisses et gercées.

De grosses bottes en caoutchouc sont posées à côté de lui et ses pieds ressemblent à d'énormes boudins sur lesquels sont enfilées plusieurs chaussettes de laine. Une boîte en carton et une boîte de conserve qui ont dû contenir son souper traînent sur un journal étalé.

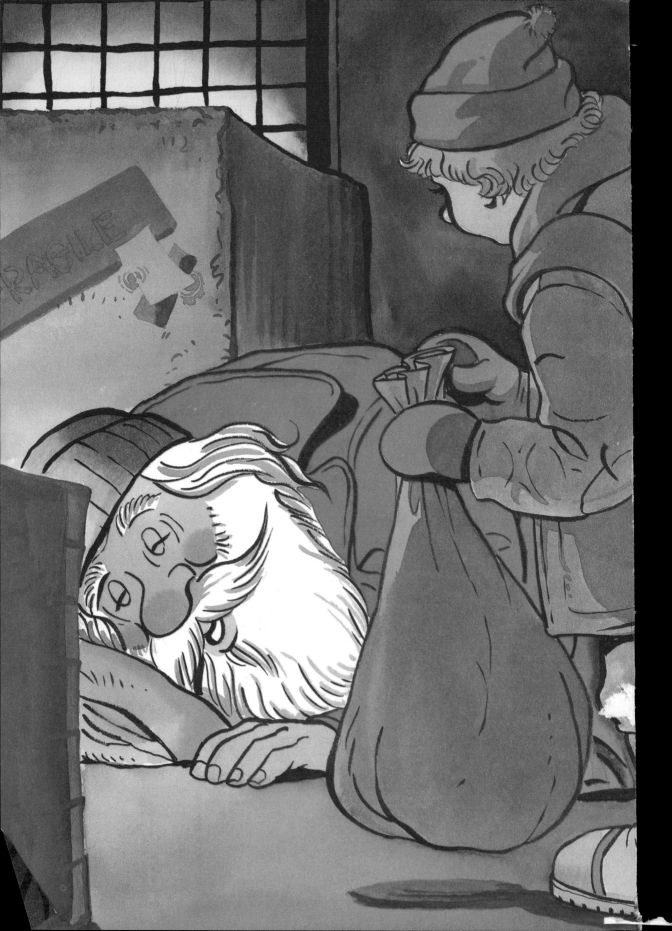

Le vieil homme à la longue barbe blanche, à demi-allongé sur une couverture rapiécée, ronfle fort.

— C'est lui, le père Noël, souffle Gros Jean.

— C'est lui, assure P'tit Louis.

— Le vrai ? insiste Lucie.

— Le vrai, affirme P'tit Louis.

Il prend le sac de nourriture, s'approche lentement et le dépose doucement près du vieil homme.

Il retourne vers ses amis.

— Maintenant, il faut partir, dit-il, car il ne faut jamais réveiller le père Noël quand il dort.

— Ah bon ! s'étonne Gros Jean.

Ils referment le battant du portail qui grince encore et reprennent le chemin du retour.

Lorsqu'ils sont sur le sentier, ils s'arrêtent et regardent longuement le hangar en ruine, la maison du père Noël. Puis, soudain, ils se mettent à courir jusqu'à rejoindre l'avenue et la foule qui n'a pas cessé de déambuler le long des vitrines.

... peux-tu me dire ?

Que voient P'tit Louis, Lucie et Gros
Jean dans le hangar ?
Que fait P'tit Louis avec le sac de
nourriture ?

P'tit Louis rencontre Lucie et Gros Jean. Il leur dit qu'il sait où habite le père Noël. Il est d'accord pour les y conduire, mais seulement après avoir patiné car, affirme-t-il, on ne peut voir le père Noël que la nuit ; durant la journée, il est transparent donc invisible. Ils passent ensuite à la maison récupérer de la nourriture pour le père Noël. En sortant, ils rencontrent le papa de P'tit Louis qui leur explique que le père Noël habite très loin dans le Grand Nord avec des dizaines de lutins. Guidés par P'tit Louis, Gros Jean et Lucie vont jusqu'à un hangar situé sur un terrain vague. Là, ils voient le vrai père Noël qui dort. Ils lui laissent le sac de nourriture et s'en vont.

Plus jamais P'tit Louis, Lucie et Gros Jean ne se reparlèrent du hangar ni ne retournèrent du côté du terrain vague. Mais quand leurs regards se croisent, une brève lueur luit au fond de leurs prunelles.

Eux seuls savent que tous les autres pères Noël qu'on voit dans les rues, aux portes des magasins faisant sonner des clochettes, dans les centres d'achat se faisant photographier avec des enfants sur les genoux, ceux qui descendent en hélicoptère sur les terrains de stationnement, tous ces pères Noël avec leurs rires gras, leurs gros ventres rembourrés et leurs barbes trop blanches en coton sont des imposteurs, des faux pères Noël.

Le vrai, P'tit Louis, Lucie et Gros Jean l'ont vu, fourbu, dépenaillé, désillusionné, au fond d'un hangar humide qui lui sert de maison.

— Ainsi est devenu le père Noël, a conclu P'tit Louis du haut de la galerie de sa maison à ses deux amis avant de rentrer chez lui en claquant la porte.

Gros Louis et Lucie n'osent pas demander à P'tit Louis comment il se fait que durant le jour le père Noël devient transparent donc invisible et qu'on ne peut le voir que la nuit.

Et aujourd'hui encore, ils ne le savent toujours pas.

... peux-tu me dire ?

Pourquoi P'tit Louis, Lucie et Gros Jean savent que les pères Noël des centres d'achat ne sont pas les vrais ?
Pourquoi, d'après toi, le père Noël est invisible durant le jour et qu'on ne peut le voir que la nuit ?